임 지섭

어덟 번째 감각 앞으로도
많은 관심 부탁드립니다. 감사합니다.

오준턱.

여러분의 사랑과 응원 덕분에 항상
밝은 지현이가 될 수 있었습니다!!

앞으로도 어떻번째 감각 많은 사랑
부탁드립니다! 감사합니다~♥

여덟 번째 감각

THE EIGHTH SENSE

플레이그램·문라이트이엔티 지음

여덟 번째 감각

THE EIGHTH SENSE

BOOK PLAZA

Contents

서재원

연희대학교 인싸 중에 인싸 복학생.

성격, 외모, 집안 뭐 하나 빠지지 않는 비현실적인 캐릭터로 교내에서 재원을 모르는 사람이 없고, 성적 역시 과탑을 놓친 적이 없다. 서핑 동아리 '프리버드'의 부회장으로 보장된 운동신경과 피지컬까지. 재원의 주변엔 사람이 끊이질 않지만 그럼에도 불구하고 외로워 보인다.

경영학과 4학년으로 군 휴학 후 복학했다. 모든 사람이 졸업 후 아버지 회사를 물려받을 거라 생각하지만 재원은 자신의 미래가 불안하고 걱정된다. 사실 재원이 진심으로 하고 싶었던 건 사진으로, 소중한 순간을 영원히 간직할 수 있는 멋진 사진작가가 되고 싶던 때도 있었다.

어느 방면에서도 부족함 없이 자란 것 같지만 친구들에게 털어놓지 못하는 상처와 트라우마가 있다. 고등학생 시절 어린 남동생을 눈앞에서 잃은 트라우마와 폭력적인 아버지는 아직도 재원을 괴롭힌다. 동생 몫까지 살아야 한다는 부담감과 부모님의 기대에 부응하고 싶은 마음에 경영학을 전공하며 좋아하던 사진은 취미로 남겨두었다. 부담감과 죄책감을 안고 자라 쉽게 속마음을 보여주지 못한다.

재원을 아무런 편견 없이 대해주는 지현에게 끌리고, 지현과 있으면 가면을 쓰지 않아도 돼서 편안하다. 안식처가 되어주는 지현의 웃음을 지켜주고 싶지만 자기 자신으로 인해 지현이 불행해질까 봐 두렵기도 한 재원이다.

임지섭

김지현

연희대학교 아싸 중에 아싸 신입생.

지방에서 남중, 남고를 나와 대학교에 입학하면서 서울로 상경하게 되었다. 낯선 서울살이에 기가 죽은 채 알바-학교-기숙사만 반복하는 생활. 어른이 됐으니 이것저것 해보고 싶지만 쉽지 않고 서울은 뭔가 어렵고 두렵다. 갓 성인이 된 새내기 지현은 아직 서울 생활도 인간관계도 어렵기만 하다.

미술 전공으로 감수성이 풍부하고 공감 능력이 좋다. 동시에 눈치가 빠르고 섬세해 매사 조심스러운 편이다. 지현은 아직은 큰 변화가 무섭고 낯선 사람과 환경이 두렵다. 누군가 지현에게 관심을 보이거나 가까워지려 하면 어떤 대화를 나눠야 하고 어떤 행동을 해야 할지 몰라 도망치게 된다. 누군가가 호의로 다가오더라도 무언가 목적이 있을 것 같고, 경계심이 누그러들지 않는다.

그래서 더욱 누구보다 사회에 잘 적응한 듯 보이는 재원을 보며 동경과 설렘을 느끼는 지현. 재원은 무서울 게 없어 보이고 사회생활에 어려움이 없어 보인다. 그러나 마냥 멋있어 보이던 재원의 어두운 부분을 알게 되고 재원의 상처나 슬픔에 대해 알면 알수록 그를 이해하고 함께 나아가고 싶어지는 지현이다.

하마터면 목숨이 위험했던 사고를 겪으면서 여태 자신이 가졌던 두려움이 생각보다 별거 아니었음을 느낀 지현. 하고 싶은, 해야 하는 말은 당차게 뱉어내는 결단력이 생긴다. 주변 사람들의 도움과 애정 어린 조언, 그리고 자신의 힘으로 변화할 용기를 얻어 성장해 가는 지현이다.

오주연.

태형

재원의 대학교 동기이자 친구로,
재원과 가깝지만 열등감을 가지고 있다.

은지

재원의 옛 연인이자 재원과 같은
서핑 동아리 여신이다. 지현과 재원의 묘한
기류를 느끼고 지현을 경쟁자로 여긴다.

윤원

재원이 활동하는 서핑 동아리 회장이다.
당차고 강해 보이지만 청춘이면 가질 법한
고민들로 힘들어하기도 한다.

애리

지현, 준표의 동기이자 서핑 동아리
신입회원이다. 밝고 통통 튀는 성격이며,
지현이 대학에서 처음 사귄 친구이다.

준표

지현의 평생을 함께한 형제 같은
친구이다. 종종 얄밉기도 하지만 그럼에도
지현의 소중한 베프이다.

사장님

지현이 아르바이트하고 있는 삼겹살집
사장님이다. 쿨하고 시원시원한 성격을
가진 지현의 든든한 조언자이다.

01

Episode

재원이 전역을 기념하며!

담배 한 대 빌릴 수 있을까요?

저 연초 안 피워요.

사장님꺼 가져다드릴게요.

왜 두 개비에요?

그냥 하나면 정 없잖아요.

여덟 번째 감각

여기 학교 다녀요? 몇 학년?

저번 주 입학했어요.

신입생⋯.

형이 친구 돼줄까?

여덟 번째 감각

친구,
왜 밥 혼자 먹어?

안녕하세요.

너 진짜 친구 없구나?
OT 안 갔어?

네.
알바 하느라.

형이 친구 해주기로 했잖아.

왜 연락 안했어?

형, 번호가….

형 갈게.

친구 해주기로 했으니깐 연락 해!

여덟 번째 감각

여덟 번째 감각

잘 지냈어?

어. 너는?

나도.

아까 안 보이던데.
오늘 쉬는 날이에요.

쉬는 날인데 왜 나왔어?
사장님이랑 한 잔 하려고요.

아⋯⋯.
너 진짜 친구 있구나.

여덟 번째 감각

저는 지현이에요.

어?

친구면 이름은 알아야 할 거 같아서.

어. 나는 재원이야.

적당히 마시고 잘 들어가.

아? 그 신입생? 웰컴 웰컴.
서핑 경험은 있어요?
아니요. 없어요.

괜찮아. 괜찮아.
야, 근데 너 너무 귀엽게 생겼다.
감사합니다.

여기 첫 MT 정보 담겨있으니깐 챙기고.
환불은 안 된다.

OT도 안가고, 어디 놀러 가자고 해도 무시하고,
그런 애가 갑자기 무슨 서핑 동아리야?

너는 너가 어떤 결정을 할 때
확실한 이유나 목표를 가지고 해?

아니지.

그러면 굳이 이유 없이 한번쯤은
뭐 해봐도 되지 않을까?

같은 풍경 보면서 가는데,
같은 노래 들으면서 가면 좋잖아.

02

Episode

아, 안녕하세요.
김지현입니다.

잘 부탁드리겠습니다.

여덟 번째 감각

키가 몇이야?

83이요.

생각보다 크구나.

뒤 돌아봐.

　　다 됐어. 폼 좀 나는데?

　　감사합니다.

어디가?

네?

너도 나 이거 해줘야지.

너 근데 서핑은 왜 시작해보고 싶었어?

겁먹지 않아 보려고요.
성인 되고, 서울 오고··· 세상이 너무 무서운 거 같았어요.
그래서 안 무서워져 보려고요.

진지하기는.

근데 선배님은 무슨 과예요?
나 무슨 과 처럼 보이는데?

경영이요.
그렇게 당연하게 보여?

네. 매우.
너는… 너 같은 외모면… 연극과?

선배. 나 신입생 마음에 안 들어요.

여덟 번째 감각

하루아침에
헤어지자고 한 이유가 뭔데?

몰라서 물어?

그거 오해라고
몇 번을 말해야 알아줄 건데?

은지야. 내가 말을 못 하는 거 같아?
안 하는 거 같아?

난 너가 부럽다.
내가 무슨 말 하는지 모르겠지?
저는 형이 부러운데요?

어떤 점이?
그냥, 형은 겁이 없는 사람 같아요.

그럼 너는 겁이 많아?
그거는 그냥 아직 너가 모르는 게 많은 거야.

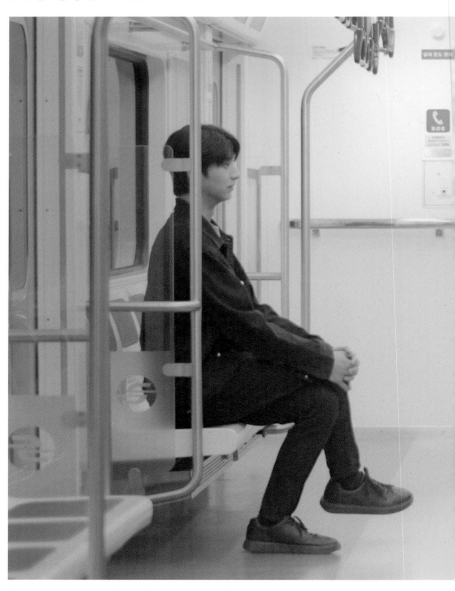

03

Episode

나 솔직히 신입생 때 너 싫어했었거든?
진짜? 난 너가 나한테 잘 해줘서 나 여자로서
좋아한 줄 알았잖아.

얼씨구. 나는 앞에서는 다 잘 해주지.
너는 그게 문제야. 좋은 사람인 척 하려는 거.
안 피곤해?

피곤해. 고쳐야 되는데.
호인인 척 하려는 거.
나처럼 싫은 거는 티를 팍팍 내.

여덟 번째 감각

이게 뭐야?

그 신입생 남자애가
우리한테 고맙다고 주더라.

무슨 말이야?

인간은 뭐지? 동물. 하고 싶을 때 지르는 거지.
상대가 싫으면 입을 떼겠지.

뭐야? 무슨 일이야? 뭐야!!! 아, 진짜. 얘기도 안 해주고!

여덟 번째 감각

야. 뽀뽀라는 거 말이야. 어느 순간에 하는 거야?

아니… 동의를 구하고 하는 것도 아니고.
"나 뽀뽀 할게." 말 하고 하는 것도 아니고. 그 타이밍이 어떻게 정해지는 거지?

…….

지현아. 저녁 같이 먹을래?
아… 내가 준표랑 약속이 -

내가 3교시에 먼저 끝나거든.
수업 끝나고 연락 해.

아, 뭐야. 쟤가 뽀뽀 한 애야?
아니야. 죽을래?

야! 우리 지현이.
상경한지 한 달 만에
서울여자 만나다니. 많이 컸다.
죽을래?

어! 안녕하세요!
지현이 새 베프 맞으시죠?
아, 네.

동아리 여행 사진에서 뵈었어요.
와, 실물이 더 잘생기셨네요.
아, 감사합니다.

너는 좀 가만히 좀 있어.
왜?

쪽팔려, 진짜.
뭐가 쪽팔려?
다음에 같이 밥 먹자고 했는데.

친구 만나러 가나?
친구요?
…그냥 새로운 사람 만나러요.

니 나이에 사람 가리는 거 아니다.
그런 거는 내 나이대나 하는거지.

그냥… 누군가 다가와 주는 게
아직 어색한 거 같아요.
누군가에게 다가간다는 거는
이유랑 목적이 있을 거 아니에요.

여덟 번째 감각

니. 내랑 이카고 있는 게 이유랑 목적이 있나?

사장님이 좋아서요.

그라믄 우정이든 사랑이든
그 사람이 좋아서 다가가는 거 아니겠나.

여덟 번째 감각

04

Episode

여덟 번째 감각

어, 여기에서 그렸네?
학교 앞 한강공원 두고 왜 여기까지 왔어?

여기가 제일 좋더라고요.
형, 한번 그려볼래요?

나?

형이 서핑 가르쳐줬으니깐
제가 그림 가르쳐 드릴게요.

그래도 오랜만이다. 이렇게 뭔가 새로운 거 해본 거.

근데 이 길은 아닌 거 같으세요.

내가 그것도 모를까봐? 나도 사실 다른 꿈이 있었거든.

뭔데요?

아니야.

저기, 형.
우리 라면 먹고 갈래요?

하하하. 너 지금 그 말
무슨 뜻인지 알고 하는 거냐?

네? 저기 편의점 갔는데,
사람들 맛있게 먹는 거 같아서.

⋯⋯

그래. 그래, 좀 이따 먹으러 가자.

여덟 번째 감각

자, 조원 발표 하겠습니다.
서재원. …고은지.

이상. 이의제기는 사절입니다.
일정 빠듯한 과제이니깐 오늘 바로 시작하시는 게 좋을 거예요.

여덟 번째 감각

내 첫 인상은 어땠는데?

술 먹고 싸웠던… 멋진 형.
제 첫 인상은 어땠는데요?

너 첫 인상?
너는 상경한지 얼마 안 된 쫄아있는 시골 쥐.

니 와그라노?

뭐가요?

니 연애하나?

에이, 무슨 연애에요.

내를 지나간 알바생만 몇 명인데,
내가 그 눈치 없겠나?

딱 사랑에 빠진 애들이 출근해서
혼자 신나게 일하는 모습이고마이.

진짜 제대로 배워보고 해보고 싶은 게 있는데,
용기가 안 나는 거죠.
늦었다고 생각도 들고.

의사의 소견은 아니고, 인생 선배로 말 해주면…
야, 너 아직 존나 어려.
새로운 거 시작하기 전혀 늦은 나이 아니야.

지금 상황에서 너무 허황된 꿈 같아요.

일단 그거는 차차 결정해요.
또 어떤 게 압박감을 줘요?

여덟 번째 감각

야. 그래서 재원 오빠랑은
어떻게 돼가는 거야?
이번 과제 같이 하자고 하더라고.

뭐야?
너랑 다시 만나고 싶은 거야?
다시 받아 줄 거야?
생각 좀 해봐야지.

깼으면! 저거 치우는 사람한테
'미안합니다' 말 한마디 하는 게
그리 어렵습니까?

사과가 그렇게 듣고 싶으세요?
죄송해요! 됐어요?

내한테 말고. 저 치우고 있는
얼라한테 말입니다.

여덟 번째 감각

너 무슨 일 있었어?

아니요.

갑자기 시골 쥐가 된
표정이잖아.

그냥…
힘들었던 하루 였어요.
그래도 형 보니깐… 좀 풀리네요.

나 사실 아까
너 일 하는 거 봤어.

오늘 왠지 곁에 있어줘야겠다
싶더라고.

여덟 번째 감각

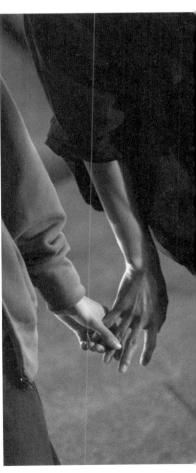

여덟 번째 감각

05

Episode

야! 우리,
수업 째고 놀러 가자.
안 돼. 나 전공 수업 있어.

사람이 뭐 할 수 있을 때는
때가 있다 그랬어.
신입생 때 안하면 언제 해봐.

내가 제대로
대학가 구경 시켜줄게.
그럴까?

여덟 번째 감각

안녕, 애들아. 어디가?
저희 수업 째고 서울 놀이 좀 하려고요.

그래, 재밌게 놀아.
너희들 끝나고 저녁 계획 있어?
동아리 노땅들이랑 신입생들끼리만 번개 한번 할 까?

애들, 연락 됐어?

아니. 신나게 놀고 있나. 답이 없네.

전화를 해.

전화? 지현이랑 전화 한 적 없는데….

여덟 번째 감각

여보세요?
지현아. 재원이형이야.

네, 형. 안녕하세요.
오늘 만날 장소 카톡으로 보냈는데
확인 안 하길래.

아, 죄송해요. 형.
확인을 못 했어요.
아, 아니야. 괜찮아.
장소랑 시간 보냈으니깐 거기서 보자.

네, 알겠습니다. 형.
어… 그러면 조금 이따 보자.

야, 야. 내가 말했지. 재원이 걱정이 제일 쓸데없는 걱정이라고.

　　　　　　　　　　　　　　　　　　　　　　　재원 선배는 왜요?

　　애리야, 얘네 아버지 회사
　　연 매출이 1,500억이야.

　　　　　　　　　　　　　　　　　　　아, 회사 물려받으시는구나.
　　　　　　　　　　　　　　　　　　　선배님 외동이세요?!

　　다행히 또 외동이야. 다행이지.
　　형제 있었어 봐, 얼마나 피곤했겠냐-

선배님! 빛나 마음에 드시죠?

어… 서로 호감은 있는 거 같은데…
빛나가 뭐라고 해?

별 말 없던데요?

그게 더 최악 아니에요? 보통 마음에 드는 사람 생기면,
제일 친한 친구한테 말하지 않아요?
좋다, 싫다도 아니고! 언급조차 없었다는 건,
아예 관심 밖이라는 뜻 인거 같은데.

여덟 번째 감각

형, 너무 많이 마시는 거 아니에요?
너는 형제 관계가 어떻게 돼?

여동생 있어요.
그렇구나. 잘 해줘.

형! 형답지 않게 왜 그래요.
야, 나 다운 게 뭔데?

형 다운 건 형이 정하는 거죠.

형 취한 모습도
　　　귀엽다고요.

취한 모습도?
　　　그러면 나 평소에도
　　　귀여웠다는 거야?

무슨 일 있었는지 모르겠지만, 힘내요. 힘들면 언제든 연락 하구요. 갈게요.

고마워.

내가 사준 카메라로 멋진 사진가 되는 거다.
내 사진도 많이 찍어줘야 돼.

고마워.

부모님 실망시키고 싶지 않아서
하고 싶은 일 하지 못하는 거.

사람들 실망시키고 싶지 않아서
모두에게 좋은 사람이라고 노력하는 거.

동생 때문일 수도 있다고 생각 안 들어요?
동생 몫 까지 살려고 그렇게 아등바등 하고 있는 거.

여덟 번째 감각

요새⋯ 뭐가 재원 씨에게 가장 큰 행복을 줘요?
새로운 친구가 생겼어요.

그 친구랑 있을 때 어떤데요?
음⋯ 일단 너무 편해요.

제가 그 사람 앞에서 억지로 뭔가 하지 않아도 되고,

어떤 사람인 척 하지 않아도 되고.

그리고 같이 있으면⋯

행복해요.

06

Episode

학생

이거 귀여워서 주는 선물.

여행가요?

네.

여자 친구랑?

남자 친구랑요.

형 안 좋은 일 있었어요?

왜 안 좋은 일이 있었을 거라고 생각해?

형. 저 눈치 백단이에요.

눈치 백단이라는 애가 이렇게 대놓고 물어봐?
은근 슬쩍 떠봐야지.

바다, 왜 오고 싶었어요?

그게 은근 슬쩍 떠보는 방법이야?

좋아요? 바다 오니깐?

어. 되게 신기하지 않아?
왜 바다는 그냥 오기만 해도 좋을까?

저는 아직 바다가 조금 무서워요.

여덟 번째 감각

왜?

초등학교 때, 준표가 졸라서 해양소년단 따라 들어갔거든요.

다른 학교에서 온 애들이 신고식 한다고 바다에서 물고문 시키는 거예요.
형이랑 바다 들어갔던 게 그 이후로 처음이었어요.

바다, 왜 저랑 오고 싶었어요? 형, 친구 많잖아요.

너는 나에 대해 잘 모르잖아.

그게 무슨 말 이에요?

그냥 말 그대로,
너는 나에 대해 잘 모르니깐. 같이 있으면 편하다는 뜻 인데?

정말로 숙박 하고 갈 거예요?
진짜 아무것도 안 가져 왔는데.

힘들 때 연락하라며.

여덟 번째 감각

네?

나, 힘들 때.

언제든지 연락하라며.

동생이 죽었었어. 내가 고등학생 때.
그것도 내 눈 앞에서.

아… 형. 죄송해요.
진짜 무슨 말을 해야 되는지 모르겠네요.

나, 원래 사진과 입시 준비 했었거든.
부모님 몰래.

아, 원래 하고 싶었다는 게 사진이었어요?

어. 근데 어제 동생이 마지막으로 사준
카메라가 박살났어.

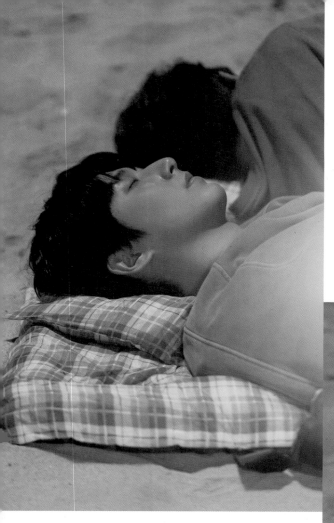

여덟 번째 감각

여덟 번째 감각

지현이 많이 컸네. 서울 처음 와서 쫄아 있을 때,
내가 이렇게 갑자기 바다 오자고 하면 안 왔을텐데.

형도 그 사이 많이 변했어요.
맨 처음에는 쿨 한척, 사람들 대할 때 연기 하는 거 같았는데.
근데 지금은 편해 보여요.

형 아니었으면 이런 용기 못 냈을 거에요.

왜 뽀뽀했어요?
　　너 트라우마
　　없애주려고.

　　넌 왜 뽀뽀 했어?
형도 트라우마
생기게 해주려고요.

여덟 번째 감각

여덟 번째 감각

여덟 번째 감각

07

Episode

여덟 번째 감각

우리 4학년이잖아요. 다들 정신 좀 차립시다.
술도 쉬엄쉬엄 마시고. 항상 조심하시고. 조심!

아! 누구처럼 뒈지지도 마시고요.

여덟 번째 감각

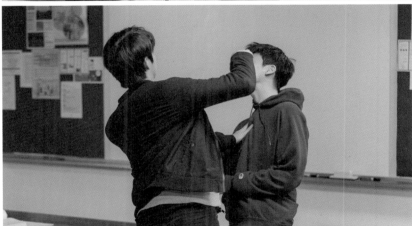

Q 박태형

박태형

제가 너무 섣불리 행동을 했어요. 제 이기심에 더 깊은 관계로 만들어 버렸고,
기댈 곳이 없어서 그 안식처로 갔다가, 걱정했던 그대로 그 친구를 힘들게 만들었어요.

심리적으로요?

아니요. 물리적으로요. 같이 여행 갔다 큰 일이 날 뻔 했어요.
아니, 큰 일이 났죠. 사고로. 중환자실에서 죽을 위기 겪다 나왔어요.

애리야.

나 병원에서 깨기 전 마지막 기억이 태어나서 제일 행복했던 순간인 거.

되게 아이러닉하다?

으이구, 그렇게도 좋았어?

응.

지현아, 우리 칵테일 마시러 가자.

나, 의사 선생님이 퇴원하고 한 달은
술 마시지 마시라고 했는데?

원래 의사들이 하는 말은
반 정도 깎아서 들으면 되는 거야.

그럴까? 나 한동안 답답했는데.
근데 무슨 칵테일이야?

봐, 봐. 이 잔 보이지?

이게 코카 잎에서 추출한 술이랑 에너지 음료가 물과 기름처럼 따로 있어.

애네가 충분히 섞일 수 있는 애들인데, 잔 모양이 떨어트려놓은 거지.

원샷으로 쭉 들이켜 봐.

여덟 번째 감각

근데 조심해야 된다.
이 가운데에서 정확하게 잘 만나야 돼.
밸런스가 중요하거든. 어느 한 쪽이 기울어지면 다른 한 쪽이 받쳐주고.
또 다른 한 쪽이 기울어지면, 다른 한 쪽이 밀어주고.

여덟 번째 감각

08

Episode

나는 내 반쪽인 사람을 찾기 위해서,
그래서 난 늘 내 반쪽을 찾아야만 하죠.

어떻게 생겼을까? 나와 같을까?
아니면 나랑 반대일까?

싸이보그지만
밥을 먹지 않아도 괜찮고…

아담과 아담의 갈비뼈로
만들어진 이브, 둘 다 너희들이
살고 싶은 대로 살아도 괜찮다고….

여덟 번째 감각

여덟 번째 감각

여덟 번째 감각

서재원 학우 덕분에 서울은 무서운 곳이 아니구나. 대학교는 무서운 곳이 아니구나.
나 혼자는 아니구나. 라는 생각이 들었습니다.

오늘 비 온대요. 우산 챙겨요.

오늘 하루 잘 보냈어요?

재원이 형

오늘 고생 많았어요

푹 쉬어요

놀랐어?
이상하지?

아니! 나는!
너가 좋아하는 사람이
여자건 남자건 상관없어!

와. 대박. 대박. 대박사건!
김지현이 드디어
누구를 만나다니!

좋은 사람이야.
강한 사람처럼 보이고 싶은데, 상처가 많은 사람이야. 나는 그거를 고쳐주고 싶고.

나랑 그런 관계가 되었으니까 혼란스러울 거야.
거기에 사고도 났었고. 제 정신이 아니지 않을까? 이해하려 노력하는 중.

여덟 번째 감각

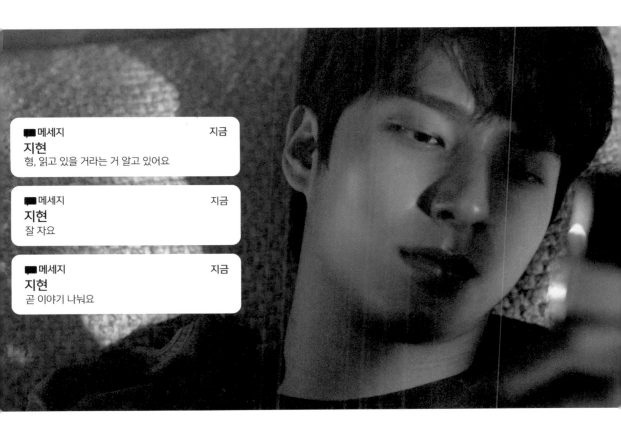

메세지　　　　　　　　　　지금
지현
형, 읽고 있을 거라는 거 알고 있어요

메세지　　　　　　　　　　지금
지현
잘 자요

메세지　　　　　　　　　　지금
지현
곧 이야기 나눠요

여덟 번째 감각

선배님이죠? 저랑 재원선배 이상한 소문 퍼트리고 다니는 거.
형 혼란스럽게 만들어서 선배한테 있게 하려는 거. 너무 뻔한 수작 같은데요?

생각보다 더 하수구나. 싸우자는 거지? 그래. 한번 싸워보자.
나는 오히려 정정당당하게 싸우는 걸 더 즐겨.

여덟 번째 감각

진짜 아무 일도 아니었어요?
서로에게 해줬던 말. 서로에게 해줬던 행동.   서로가 느꼈던 감정.

         내가 제 정신이 아니었어.

                잠깐 회까닥 했었나봐.

                그거 진짜 아무것도 아니었냐고요.

제 얼굴 똑바로 봐보라고요.
나는 이렇게 형 보고 있으면 미칠 거 같아요.　　　　　　　　형은 안 그래요?

　　　　　　　　나는 형이랑 나눴던 매 순간을 기억해요.
　　　　　　　　그리고 그때를 생각하면 너무 행복해요.

　　　　　　　　　　　　형도 그렇죠?

여덟 번째 감각

지현아.　　　정말, 아무 일도 아니었어.
　　　　　　　내가 사과할게.
　　　　　　　이상한 행동해서.

그 일은 없었던 일로 하자.
그리고 이제 서핑 동아리도 끝인데.　　　　서로 아는 척 하지 말자.

09

Episode

중환자실에서 죽다 살아난 그 친구 생각은 안 해?

　　　혼자 트라우마에 빠져 허우적거리고 있느라 남은 생각을 안 하잖아.

여덟 번째 감각

지켜주고 싶어요.　　　정말 너무나도 지켜주고 싶어요.

근데 지금은 이게 최선인 거 같아요.

형, 아픔이 있던 사람이었어.
　　　사랑했던 누군가를 떠나보낸 적이 있는.

　　　생각해보니까, 대충은 알 거 같아.
　　　왜 그렇게까지 나를 피하는지.

　　　　　　나를 보는 게 고통스러운지.

여덟 번째 감각

여덟 번째 감각

이거 재원이형 사진 올리는 계정 같은데?

뭐? 봐봐.

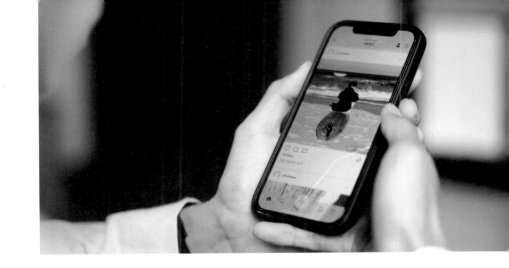

확실해?

어, 이거 너 뒷모습 아니야?

형, 보채지 않을 거예요.

다른 말도 하지 않을 거고요.

이거. 별 뜻은 없고, 그냥 주고 싶었어요.

과거는 과거에요. 그거를 잊거나 지울 수는 없을 거고요.

그래도, 새로운 거로 시작 해봐도 나쁘지 않을까 생각 들어서….

우리 이제 그만하자.
너 전부터 되게 궁금해했지? 내가 왜 그때 헤어지자고 했는지?

나 군대에서 너 놀라게 해주려고 너한테 말 안 하고 휴가 나왔을 때, 봤어.
너랑 민규 선배.

이제 풀렸지?
내가 그때 왜 하루아침에 헤어지자고 했었는지?

4:05 ▶

형, 좋은 노래 발견해서 보내요.

여덟 번째 감각

여덟 번째 감각

10

Episode

두 번 다시는 나 혼자 있게 하지 말아요.

두 번 다시는 너 혼자 있게 안 할게.

여덟 번째 감각

우리. 사귀고―
아… 음… 뭐라고 말해야 하지?

이렇게 되고 그래도 밥 처음 먹는 건데,
우리 맛있는 거 먹자.

여덟 번째 감각

형, 근데. 그러면 우리 –

어. 우리 사귀는 거야.
나도 이런 감정이 처음이어서 조금 정리가 필요할 것 같기는 한데.
맞아. 우리 사귀는 거야.

뭐가 그렇게 좋아?

형이 명확하게 말 해줘서.
명확하게 말 안 해줬으면 또 마음고생 길이 뻔히 보였어서.

우리 사귀는 거 맞고,
나는 내 남자친구라고 부를 수 있는 사람이 생겨서 좋아.
그리고 그게 지현이 너여서 더 좋고.

여덟 번째 감각

너 나랑 둘이 있으면 뭐 하고 싶은데?

음… 교복입고 롯데월드도 가보고 싶고, 한복입고 경복궁도 가보고 싶고,

인생네컷도 찍어보고 싶고, 크리스마스 명동에서도 보내보고 싶고 -

그래. 나도 아무것도 안 해보긴 했는데,

그거 다 어릴 때나 하는 거잖아. 20대 초반에나.

나 20대, 스무살 초반이잖아요.

지현아, 오감이 다는 아니더라.

네 감각을 따라가 봐.

어떻게 될지 누가 알아?

여덟 번째 감각

형이 한 발짝 두 발짝 멀어지면 –
저는 세 발짝 다가갈게요.

형이 한 발짝 두 발짝 다가오면
난 그대로 서 있을게요.

누가 보면 어때? 나는 너 밖에 안 보이는데.

여덟 번째 감각

형. 우리, 잘 될까요?

　　　　해 봐야지. 두려워?

　　　조금은.
　　　두렵더라도 뭐든 해 봐야 어떻게 되는지 알 수 있잖아.
　　　　　　같이 해보자. 두렵더라도.

Behind

여덟 번째 감각

여덟 번째 감각

여덟 번째 감각

출연 임지섭 오준택 박해인 이미라 장영준 방진원 서지안 정서인 재니스(Janice) 채수아 김희영 김동영 강지환 장용희 조권정 차종호 김세동

각본/연출 백인우, 베르너 두 플레시스(Werner du Plessis)

제공 (주)플레이그램 **제작** (주)문라이트이엔티 **투자총괄** 김재욱 **투자책임** 문정혁 **국내외판권책임** 이성주 **국내외판권담당** 박다명 김관현 이경민 **제작** 문정혁 **기획** 백인우 **프로듀서** 롱세형(PGK) 서채우(PGK) **조감독** 김희영 **촬영** 양균상 **조명** 이선영 **미술** 임수정 **녹음** 정광호 **의상** 김은영 **분장/헤어** 왕민 **편집** 베르너 두 플레시스(Werner du Plessis) **음악** 최원빈(Chwvin) **사운드** 김종근 [(주)더 행복한 사람들] **DI/VFX** 황동욱 [(주)도눅(DONOUC)] **제작부장** 최효준 **제작부** 윤서영 박예찬 **스크립터** 문채원 **연출부** 권소영 **캐스팅 디렉터** 윤승재 [(주)레디엔터테인먼트] **촬영팀** 유종철 노경은 **촬영 B팀 촬영기사** 문성진 **촬영 B팀** 나윤영 김윤지 **수중촬영 감독** 송윤상 **수중촬영팀** 안백승 김혜나 **조명팀** 한성민 구창민 송정은 최장원 **붐 오퍼레이터** 박종우 김지현 **미술팀장** 김경서 **미술팀** 이동혜 양성경 **의상팀장** 조은 **의상팀** 서인영 **분장팀장** 김효윤 **분장팀** 가혜진 Sound Post Production (주)더 행복한 사람들 Sound Project 오늘 Sound Supervisor 김종근 Sound Designer 김종근 Foley Artist 김현진 Sound Effector 하해성 이정익 ADR 김종근 Recorded at 오늘프로젝트 Visual Effects by (주)도눅 [DONOUC] Supervisor 황동욱 3D Artist 김대용 Design 이혜진 Composite 이지혜 김정은 윤예지 백건학 신규원 Digital Intermediate By (주)도눅 [DONOUC] Color Supervisor 황동욱 Color Grading 황동욱 노현준 김용태 Mastering 노현준 **작·편곡** 최원빈(Chwvin) 이용우(Tailor of Music) **스틸/메이킹** 김다운 [스튜디오다운] **현장사진** 이지윤 [스튜디오다운] **메이킹** 홍수민 [스튜디오다운] **메이킹 편집** 오다솜 [스튜디오다운] **포스터** 김다운 [스튜디오다운] **예고편** 조영수 [씬스틸러] **서핑 코치** 윤상욱 [엉클서프 양양] **로케이션 협조** 이근규 청주영상위원회

매니지먼트
[판타지오] 임지섭 * 신영진 남궁정 이준형 손창범
[문라이트이엔티] 오준택 * 문정혁 백인우
[판타지오] 박해인 * 신영진 남궁정 이준형 이윤주
[디어이엔티] 장영준 * 김대순 안재민 윤준엽 유연경
[르 엔터테인먼트] 서지안 * 김민선 이지안 박민호
[와이블룸엔터테인먼트] 채수아 * 이지수

여덟 번째 감각

THE EIGHTH SENSE

초판 2023년 5월 28일 1쇄

지은이 플레이그램 · 문라이트이엔티 지음
디자인 전여원
ISBN 979-11-93047-01-9   03810

펴낸곳 북플라자
주소 서울시 강남구 논현동 118-13 5층
홈페이지 www.bookplaza.co.kr